Die Insel der verbannten Kinder

erzählt von
Alena Maria Schneider
illustriert von
Angela Kočonda

Verlag „Die Silberschnur"

ISBN 3-923781-50-4

Herstellung: Grafiche AZ, Verona

Verlag „Die Silberschnur" GmbH
Heddesdorfer Str. 7, W-5450 Neuwied 1

Die Insel der verbannten Kinder

für Maria
und für dich
und für das Kind, das der Bürgermeister
einmal gewesen ist
und der Herr Bundeskanzler
und die Frau Doktor
und die Herren Atomkraftwerkdirektoren
und für alle Kinder
denn ihrer ist das Himmelreich

Jasmin ist ein kleines Mädchen mit lieben klaren Augen. Wie alt sie ist? Ach ja, das wollen die Erwachsenen immer so gerne wissen. Aber für unsere Geschichte ist das überhaupt nicht wichtig. Viel wichtiger ist, daß ihre Augen so lieb und klar sind – gerade so wie deine.

Jasmin lebt in einer Stadt, um die eine dicke Mauer führt. Eine Mauer, die weder Tür noch Tor hat. Wieso ist denn da so eine Mauer, fragst du.
Ja, genau diese Frage stellt auch Jasmin wieder und wieder.
Die einen antworten ihr: Die war schon immer da.
Die anderen: Das ist nun mal die Wirklichkeit.
Wieder andere zeigen auf ihre verschrammten Hände und grollen: Diese Mauer muß zerschlagen werden! - Aber niemandem ist es bisher gelungen, auch nur das kleinste Loch hineinzumeißeln.

Die Menschen, die in der Stadt leben, haben selbst schon etwas Vermauertes an sich: Graue Gesichter und so unbewegt, so hart! Sie lachen nicht und sie weinen nicht.
„Ich kann sie ja kaum noch sehen“, sagt Jasmin betrübt. „Einer sieht aus wie der andere, und aus ihren Augen sind alle Träume verschwunden.”

Es gibt nur noch wenige Bäume und Schmetterlinge in dieser Stadt, und sie wirken müde und traurig. Die Farben der Blumen scheinen zu verblassen und selbst der große, starke Strom, der die Stadt durchquert, kann nicht mehr fließen und wird immer trüber und kraftloser.

Jasmin sieht das alles. Und sie ist so voller Leben, daß sie das nicht mehr länger mit anschauen mag.

Jeden Abend spricht Jasmin mit ihrem Stern.
- Ja, weißt du das denn nicht?
Jeder Mensch hat einen ganz besonderen Stern zum Vertrauten, der ihn sein ganzes Leben hindurch begleitet. Nur haben die meisten Menschen ihren Stern schon lange vergessen, und auch in der Stadt ist es leider schon so weit gekommen.

Jasmin jedoch liebt ihren Stern und berät sich jeden Abend mit ihm.

Und so sagt sie eines abends:
„Hör mal, du mein lieber, schönster Stern, du schaust doch von da oben so weit hin übers ganze Land. Sag mir doch bitte, was hinter der Mauer ist! Sie macht mich ja ganz traurig!“

Da funkelt der Stern und lächelt sein silbriges Sternenlächeln:
„Wie froh bin ich“, singt er (denn die Sterne singen, wenn sie reden, und das klingt wunderschön), - „wie froh bin ich, daß du mich das fragst!
Aber es würde niemandem nützen, wenn ich dir das Geheimnis der Mauer verrate. Du wirst es selbst herausfinden. Helfen werde ich Dir dabei.“

Ja! Jasmin möchte es herausfinden und schon am nächsten Morgen macht sie sich entschlossen auf den Weg. Sie wandert die Mauer entlang, die lange kalte Mauer, bis ihre Füße ganz voll Blasen sind. Aber nirgends findet sich die winzigste Lücke zum Durchschauen. Die Mauer scheint geradezu in den Himmel zu wachsen, steinig und starr, nirgends die geringste Möglichkeit, hinüberzuklettern oder auch nur einen Blick auf die andere Seite zu werfen.
Wie müde und traurig wird da Jasmin! Und wie sehr ihr die kleinen Füße wehtun!

Inzwischen ist sie weit weg von zu Hause, und um sich ein wenig auszuruhen, setzt sie sich in einen Park unter einen wunderschönen Baum.
Unter eine Königsbuche hat sie sich gekauert, ohne das zu ahnen. Das ist ein ganz besonderer Baum voller Geheimnisse und Wunder. Und hier schläft sie ein. So wohl geborgen und behütet, wie man nur unter dem weiten segnenden Zelt der Äste einer Königsbuche schläft.

Als sie aufwacht, ist es schon tiefe Nacht geworden. Sie blinzelt durch die Äste des Baumes und sieht zu ihrer Freude: gerade über dem Wipfel der Buche steht blitzend und klar ihr Sternlein und lächelt ihr zu.

Da vergißt Jasmin ganz und gar Angst zu haben, springt auf und winkt ihrem Stern. Und als er ihr so wunderschön und silbrig zublinkert, wird ihr so warm ums Herz, daß sie die Königsbuche einfach umarmen muß, die so freundlich ihren Schlaf behütet hat.

Wer hätte das gedacht? In dem dicken, mächtigen Stamm des alten Baumes ist ja eine Tür! Vorsichtig versucht Jasmin, sie zu öffnen. Und siehe da: es geht ganz leicht. Im Stamm der Buche führt eine steile, gewundene Treppe hinunter in die Tiefe.

Jasmin blickt fragend hinauf zu ihrem Stern, und schau: er nickt ihr zu und schickt einen Silberstrahl genau zu ihrer Stirn. Und als sich Jasmin wieder dem Dunkel im Stamme der Buche zuwendet, merkt sie, daß jetzt ein zartes, silbriges Leuchten von ihrer Stirn ausgeht, gerade hell genug, daß sie immer die nächste Stufe vor sich erkennen kann.
Da macht sie sich mutig auf den Weg, steigt hinein in den Baum und wandert vorsichtig Stufe um Stufe hinunter in die geheimnisvolle dunkle Tiefe. Oh, wie weit geht es da hinab. So weit! Und noch viel weiter als du und ich sich vorstellen können!

Um den Mut nicht zu verlieren, dichtet Jasmin sich ein Lied:

Stufen, Stufen, Stufen
führen in die dunkle Erde
aber ich hab keine Angst
weil ich das Geheimnis lüften werde...

Und gerade, als das Singen schon fast nicht mehr helfen will, wird es ein wenig heller und dann dämmrig und schließlich so hell, daß Jasmin geblendet die Augen schließen muß.

Blinzelnd taumelt Jasmin hinaus ins duftende Grün einer Wiese. Voll Staunen reibt sie sich die Augen. Wie kann das sein, es ist ja taghell hier!? Als die Augen sich ans Licht gewöhnt haben, sieht sie sich mit offenem Munde um.
Überall auf der Wiese weiden silbrig schimmernde wolkige Schäfchen. So ein Friede liegt über ihnen. Und dort ist auch der Schäfer.
Er hat Jasmin schon entdeckt und kommt auf sie zu. Als Jasmin in sein Gesicht sieht, fühlt sie sich gleich bis in die Tiefe ihres Herzens zu Hause. Oh, so wunderschöne Augen hat dieser Hirte und so unendlich lieb schauen sie auf Jasmin. Und als der Hirte zu sprechen beginnt, ist das wie die schönste Musik:

Der Hauch des Windes in einem Blütenbaum, das leise Piepen eines schlafenden Vogels, das Lachen eines Kindes, das Rauschen eines munteren Bächleins...

Ach, es klingt gerade so, als sei alles Liebe und Gute der ganzen Welt in der Stimme und den Augen des Hirten zusammengekommen. Wie glücklich ist da Jasmin!

„Wilkommen", sagt der Hirte, „wie schön, daß du gekommen bist!"

Und was glaubt ihr, macht Jasmin?
Aufschluchzend wirft sie sich in die ausgebreiteten Arme des Hirten und weint und weint. Und wie ein Sturzbach bricht das ganze graue Leid der vermauerten Stadt mit ihren vermauerten Menschen aus ihr hervor. Tränen strömen ihr über die Wangen, als wolle sie Meere damit füllen.
„Bitte, bitte, bitte", schluchzt Jasmin, „bitte hilf mir! Wo ich herkomme, da ersticken wir fast im grauen kalten Schatten einer Mauer, und es gibt keine Farben mehr und kein Lachen, ach, es ist so furchtbar, bitte, bitte, bitte, sag mir, was ich tun soll!"

Zärtlich und behütend hält der Hirte Jasmin, bis die letzten bitteren Tränen geweint sind, und dann sagt er zu ihr: „Ich teile deinen Kummer, kleine Jasmin, aber es würde niemandem nützen, wenn ich dir sage, was du tun sollst. Du wirst es selbst herausfinden. Helfen werde ich Dir dabei."
Dann greift er an seinen Gürtel und löst ein Paar kleine Sandalen, die da festgebunden sind. „Ich habe diese Schuhe für dich gemacht", sagt er, „sie helfen dir, deinen Weg zu finden. Geh nun. Wir sehen uns bald wieder."

Jasmin schlüpft in die Schuhe, die ihr wie angegossen passen. Und kaum hat sie sie angezogen, da fühlt sie sich ganz frisch und die Füße tun ihr gar nicht mehr weh. Als sie wieder aufschaut, ist der Hirte verschwunden. Doch erinnert sie sich seiner Worte, und ohne zu zögern, wandert sie weiter.

Jasmin ist schon eine ganze Weile gegangen, da kommt sie an einen Fluß. Es ist ein breiter, kräftiger Fluß. Aber an seinen Ufern lassen alle Blumen die Köpfchen hängen und ein schwerer Schatten scheint über dem Wasser zu liegen. Der Fluß ist noch breiter als der große Strom in Jasmins Heimatstadt, und in seiner Mitte befindet sich eine Insel.

Wie komme ich da hinüber, fragt sich Jasmin.

Da sieht sie ein gläsernes Schiffchen auf sich zukommen. Darin sitzt ein kleiner Junge, der ihr freundlich zuwinkt. Er legt am Ufer an mit seinem seltsamen Boot und bedeutet Jasmin einzusteigen. Vorsichtig klettert sie in das gläserne Schiffchen, und ohne einen Ruderschlag bewegt es sich wieder fort, zum anderen Ufer - zur Insel.

Jasmin und der kleine Junge schauen sich an, und Jasmins Gesicht ist voller Fragen: „Wer bist du denn?“ und „Was ist das für ein trauriger Fluß, an dem selbst die Blumen weinen?“ und „Was ist das für eine Insel?“

Jasmin hat ihre brennenden Fragen noch gar nicht ausgesprochen, da sagt der kleine Junge ganz ernst und freundlich etwas sehr, sehr Seltsames. Es ist das Seltsamste, was Jasmin je gehört hat!

Der kleine Junge sagt: „Ich, kleine Jasmin, bin das Kind, das dein Vater einmal gewesen ist. – Er hat mich weggeschickt“, fügt er sehr leise hinzu. „Er hat mich weggeschickt, weil ich weinen mußte. Und er wollte doch groß und stark sein und ein angesehener Mann.
Als allseits bekannte Persönlichkeit kann ich mir doch keine Tränen leisten, hat er gesagt, und: Jeder klar denkende Mensch weiß, daß der Parkplatz gebaut werden muß.

Und dann wurden die Bäume ausgerissen und der wilde Garten wurde zuasphaltiert - und, ach weißt du, ich mußte so weinen darüber.
Da hat er mich weggeschickt. Und ich weiß genau, daß die Kinder in den Geschäftsleuten, für deren Läden der Parkplatz gebaut wurde, auch weinten. Aber auch sie wurden weggeschickt. Keiner hörte auf sie.“

Große silberne Tränen tropften aus den traurigen Augen des kleinen Jungen. „Und der Fluß, das ist der traurige Fluß der ungeweinten Tränen. Denn die Erwachsenen in der Stadt haben irgendwann einmal damit angefangen, ihre Tränen zu verbannen. Und daraus wurde dieser Fluß. Und er wird breiter und breiter.

Und die Insel, auf der wir dich schon sehnlichst erwarten, das ist die Insel der verbannten Kinder.
Denn hier kommen all die Kinder hin, die die Erwachsenen wegschicken. Auch wenn Menschen erwachsen werden, lebt doch in ihnen das Kind weiter, das sie einmal waren und schenkt ihnen seine Lebendigkeit und Freude, seine Tränen und seinen Kummer, seine Zärtlichkeit und die Sehnsucht, geliebt zu werden.
Aber immer mehr Erwachsene schicken ihr Kind weg.
Und ohne uns Kinder erkennen sie doch nicht, was für ein Unglück sie anrichten!"

Jasmin ist aufgebracht: „Da vergeht mir ja jede Lust, erwachsen zu werden!" sagt sie, „ich werde mich jedenfalls nicht wegschicken!"
Und wer es hört, der weiß, daß sie meint, was sie sagt.

Auf der Insel angekommen, trifft Jasmin viele Kinder und jedes erzählt ihr seine Geschichte.

Da ist die kleine Ruth, die den bunten Garten des Lachens pflegt. Sie wurde weggeschickt, weil sie eine Bürgerin der Stadt mit ihrer Fröhlichkeit und ihrem Spiel dabei störte, eine ernsthafte Professorin zu sein:
„Gerade als Frau muß ich doch mit klarem Verstand überzeugen.. .“ hatte sie gesagt und das kleine fröhliche Mädchen in sich weggeschickt.

Und Hans, der die Blütenbäume der Zärtlichkeit - oh, wie süß die duften und wie zart sie sind! - umsorgt, lebt in der Erwachsenenstadt als angesehener Arzt:
„Ich habe nun mal zu viel zu tun, um einem Kranken Händchen zu halten“, hatte er erklärt und den zärtlichen kleinen Jungen, der selbst so gerne liebgehabt werden wollte, aus seinem Leben verbannt.

Oh, was waren das für Geschichten!

Jasmin trifft das kleine Mädchen, das ihre Lehrerin früher einmal war, den kleinen Jungen, der heute der Bürgermeister der vermauerten Stadt ist, den kleinen Jungen, der ihr Onkel ist, der nie Zeit hat für seine Familie, weil er meint, er müsse immer noch mehr Geld verdienen - er nennt das Sicherheit -, das kleine Mädchen, das in der Stadt die keifende Nachbarin ist, die keinem Kind erlauben will, im Hinterhofgarten zu spielen...

So viele verbannte Kinder!

Und hier auf der Insel der verbannten Kinder scheinen all die Farben zu sein, die in der grauen Stadt fehlen, all das Lachen, all die Tränen, all die Zärtlichkeit.

„Oh, ihr müßt mit mir zurückkommen in die Stadt!“ ruft Jasmin, „ihr wißt ja gar nicht, wie schrecklich es ohne euch dort ist! Ich kenne den Weg, laßt uns schnell gehen...“

Doch die Kinder schütteln traurig die Köpfe: „Das geht nicht so leicht. Die Erwachsenen würden uns gar nicht sehen. Sie haben so eine Angst, daß wir sie durcheinanderbringen würden, daß aus dieser Angst eine riesige Mauer geworden ist. Und solange sie uns nicht wollen, trennt uns diese Mauer, welchen Weg auch immer wir wählen."

Da ist guter Rat teuer. Und da Jasmin inzwischen doch sehr müde ist von alledem, was sie entdeckt hat, kuschelt sie sich unter einen der Blütenbäume der Zärtlichkeit - ja, etwas zu essen haben ihr die Kinder auch gebracht - und dort schläft sie ein.

Im Traum hört sie ein Lied, ein silbersanftes Lied:

Sterne funkeln Silberstrahlen
Silberfäden Träume weben
Silberfädchen verbindet
was an Getrenntem es findet.

Und als Jasmin aufwacht, hört sie sich selbst leise singen:

Sterne funkeln Silberstrahlen
Silberfäden Träume weben
Silberfädchen verbindet
was an Getrenntem es findet.

Jasmin schlägt die Augen auf und - so eine Freude - neben ihr im Gras sitzt der Hirte, und um sie herum blöken die silbernen Schäfchen. Eins nach dem andern kommen die Kinder der Insel herbeigesprungen und rufen: „Was singst du denn da?“
Da singt ihnen Jasmin das Lied noch einmal vor und bald singen alle Kinder, und die Schäfchen blöken dazu:
Sterne funkeln Silberstrahlen...

Da blitzen Jasmins Augen auf und sie ruft: „Jetzt hab ich eine Idee, und ihr alle müßt mir helfen! Das Lied sagt uns ja, was wir tun können!“

Eilig erklärt sie ihren Plan, und dann beginnt eine emsige Geschäftigkeit:

Willig lassen sich die Silberschäfchen scheren und jedes Kind macht sich fleißig daran, die Wolle zu feinstem Silberfaden zu spinnen. Und aus den feingesponnenen Fäden fertigen die Kinder - der Hirte hat ihnen freilich dabei geholfen - viele zarte silbrige Bänder, und jedes Kind webt hinein, was ihm besonders am Herzen liegt.

Und so werden ganze Geschichten in die Traumbänder gewoben:
Kinderträume, Kinderlachen,
Kinderspiele, Kindertränen
und Sehnsüchte,
viele, viele Sehnsüchte.

Als jedes Kind sein Band vollendet hat, sagt Jasmin: „Jetzt haltet euer Silberband gut fest, und laßt es auf keinen Fall los! Ich werde sehen, was ich machen kann. Und wo ich nicht weiter weiß, hilft mir vielleicht mein Stern.

Wie eine hundertfach verschleierte kleine Silberbraut sieht Jasmin aus mit den vielen, vielen zarten Geweben, die sie sich umgewunden hat.
Zärtlich nimmt der Hirte die kleine Braut in seine Arme.
Ein Wohlgeruch umhüllt sie, den sie nie wieder vergessen wird.
Ihr ist, als versinke sie in einer Woge tiefsten Verstehens voller Liebe und Weisheit, der kein menschlicher Fehler verborgen ist, und die dennoch alles vergibt.

- Stille -

Und als sie wieder zu sich kommt, ja -
da ist es Nacht, und sie hält in ihren Armen die Königsbuche umfangen.
Eine Tür?
Nein, da ist keine Tür...keine Treppe...nur der Stern funkelt über dem Wipfel des Baumes.

Ja, war denn das alles nur ein Traum? - flüstert Jasmin.

Aber da sieht sie, wie unzählige feine, silberne Gewebe von den Ästen der riesigen Buche hinaufschweben zu den Sternen. Es sieht zauberhaft aus, so zart und schimmernd, daß Jasmin vor Freude in die Hände klatscht.

Aber das Schönste kommt noch: Auf einmal beginnen die Sterne zu glitzern und zu funkeln und ihre Strahlen wie ein Feuerwerk von Silber zur Erde hinunterzuschicken. Das ist ein Leuchten und Blitzen!
Jeder Stern schickt mit seinen Silberstrahlen die von einem Kind gewebten Träume in das Herz eines schlafenden Stadtbewohners.

Oh, wie haben da die Stadtbewohner geträumt in jener heiligen Nacht...

Da wurde so manches Kopfkissen naß von Tränen und so mancher hart gewordene Erwachsene lag mit einem leuchtenden, weichen Lächeln auf seinem Gesicht im Schlummer.
Am nächsten Morgen sind die Augen der Menschen wie blank geputzt. Und es geschehen unglaubliche Dinge. Dazu zähle ich gar nicht einmal, daß Jasmin morgens zu Hause in ihrem Bettchen aufwacht, als sei sie nie weggewesen.

Nein, darüber brauchen wir uns nicht so sehr zu wundern.

Aber stellt euch vor und freut euch mit mir:
An diesem Tag umarmt Jasmins Vater unter Tränen einen Baum und bittet ihn um Vergebung. Und als er dem Bürgermeister und seinen Räten vorschlägt, daß kein einziger Baum mehr für Straßen gefällt werden dürfe und keine Wiese zuasphaltiert - ja, glaub mir, oder glaub mir nicht - da umarmen ihn die hohen Regierungsvertreter der Stadt.
Und alle haben auf einmal unglaubliche Ideen, wie man das Zusammenleben von Menschen und Bäumen und Tieren und allem, was da so lebt, in Liebe gestalten kann!

Jasmins Onkel läßt an diesem Tag sein Geschäft geschlossen. Er sieht seine Frau an und weiß sich kaum zu fassen vor Dankbarkeit und Freude, daß so ein lieber und schöner Mensch an seiner Seite ist.
Er spielt mit seinen Kindern und vergißt ganz und gar, seine Kopfschmerzen zu bekommen, die ihn sonst täglich heimsuchen. Jetzt hab ich so viel Geld, sagt er sich, da wird es ja wohl Zeit, daß ich mit dem Verschenken anfange! Und das tut er auch, und noch nie hat er sich so sicher und geborgen gefühlt wie in der Freude, die er dabei kennenlernt.

Zur gleichen Zeit sitzt die ehemals so keifende alte Nachbarin von Kindern umringt im Garten und erzählt mit leuchtenden Augen Märchen.

Der berühmte Arzt hält zärtlich einen sterbenden alten Mann umfangen und erlebt eine Seeligkeit, die er nie für möglich gehalten hat.

In der Universität wird so viel gelacht wie noch nie. Und die Professorin sprüht und funkelt vor Wissen, Klugheit und Humor - ihre Studenten haben zum erstenmal das Gefühl, wirklich etwas zu lernen und wollen gar nicht mehr weggehen.

Das ist ein Leben in der Stadt!
Ganz allmählich kehren die Farben zurück, und der Fluß beginnt zu fließen. Jasmin und ihre Freunde und Freundinnen tanzen voller Jubel mit den Schmetterlingen.
Und dann laufen sie los, um zu sehen, was denn nun mit der Mauer geschehen ist.
Da steht sie noch. Und für einen Augenblick ist Jasmin ganz enttäuscht. Aber dann geht sie hin und streichelt ganz behutsam mit ihrer kleinen Kinderhand über die Steine.

Eine ganz feine Sternenmusik erklingt von weither

Sterne funkeln Silberstrahlen
Silberfäden Träume weben
Silberfädchen verbindet
was an Getrenntem es findet

Die Mauer ist verschwunden.

Weit und frei wölbt sich der Himmel über einem Land voller Leben.

- Anfang -